*Faça de tudo para não
precisar da coragem*
Fábio Franco

cacha
lote

*Faça de tudo para não
precisar da coragem*

Fábio Franco

Para Geraldo, meu pai.

E é em mim que tenho de criar esse alguém que entenderá.

Clarice Lispector, *A Paixão Segundo G.H.*

MENINO QUEBRADO 11

CALEIDOSCÓPIO 15

A LOJA DE BRINQUEDOS 21

UMA TARDE DE DOMINGO 27

SE VOCÊ FICASSE QUIETA 31

FINA COMO UMA FACA 35

MALDIÇÃO NUM PEQUENO QUARTO EM ARACAJU 39

BATALHA IMPOSSÍVEL E POR ISSO BREVE 45

MAINHA 49

HERANÇA 55

ARACAJUAN JUICE 59

O VESTIDO 65

TEORIA DA EVOLUÇÃO 71

ESTAÇÃO GENERAL OSÓRIO 75

MENINO QUEBRADO

Todo o cuidado para não acordá-lo foi inútil. Mal alcançou a porta do quarto, a mãe notou o filho já de pé, em frente ao espelho. Sabendo que ela estava ali, espiando pelo vão da porta, Dani disse:

— Eu já fiz cinco anos e ainda não mudei nada.

Não era só o dia de seu aniversário como também o primeiro dia no Colégio Militar de Sergipe e havia uma apreensão diluída pela casa. No café da manhã, Dani percebeu leve troca de olhares entre os pais, mas não eram olhos que se apoiavam no que viam: cada um guardava o que via individualmente, tudo quase tão secreto como um pensamento.

De repente aconteceu. Algo arrebentou entre os pais, que já se encaravam diretamente, ambos enxergando a mesma coisa. Com a voz séria de quem enfim cumpre uma função, o pai disse que agora que o garoto iria para um novo colégio, "um colégio militar", ele precisava aprender algumas coisas. A mãe, calada, ouvia tudo com a paciência e a apreensão de esposa e mãe. Afinal, Daniel "já era um rapaz", falou o pai para a mulher, numa necessidade de justificativa.

— Você é educadinho demais — continuou com certo esforço — É preciso falar com firmeza, andar direito, senão não te respeitam, entendeu?

Educadamente Daniel não entendia, mas percebeu que corria um certo tipo de perigo. Depois o pai pediu para o menino andar de um lado para o outro, ali mesmo na cozinha. Corrigiu-o em alguns momentos. Imagine que você está segurando um copo cheio de água, disse, se andar firme, não derrama. É só andar firme.

E de um lado para o outro Daniel andava, concentrado em não derramar. Já sou um rapaz, repetia para si. E assim como um cego que passa a enxergar e tem que ser apresentado a um novo mundo, Daniel precisava da voz de alguém para guiá-lo. Ao longo do desfile, cada vez mais firme, notou os olhos da mãe: olhos que procuram algo. Viu a mãe analisá-lo como algum objeto quebrado. Quem sabe tivesse vindo mesmo com defeito e os pais, sendo os criadores, se sentiam responsáveis. Fazer cinco anos talvez fosse uma maneira de entrar num mundo novo, e ele tinha medo de entrar errado.

Antes de sair, a mãe o abraçou por um tempo que ele não soube contar. Rezava sem cerimônias, como se o filho fosse um canal direto entre ela e Deus. Apesar do enjoo ao sentir o perfume excessivamente doce, sem saber como ajudá-la, Daniel permaneceu imóvel, firme na sua esperança de que fosse ouvida. Esperou, esperou, mas nada aconteceu.

No colégio conservou em si o sentimento de vigilância. Andou com cautela, seus passos saíram duros e ensaiados. Não derramar, não derramar, repetia, imaginando que estava segurando um copo. Ele andava e olhava as outras crianças tão distraídas, tão confortáveis em si. Será que eles sabem?

No fim do dia o pai o esperava no portão da escola. Entre eles, o grande pátio. Não derramar, não derramar. Do outro lado o pai o esperava. Mas Daniel já aprendera um pouco da linguagem dos olhos. O suficiente para perceber que o pai se encabulava. Conteve a água o quanto pôde, mas sentiu alcançar o pai já seco, sem nada mais para derramar.

CALEIDOSCÓPIO

No caminho para a escola, ela saltava pequenas poças aqui e ali e isso a fez se lembrar vagamente que acordou com a chuva forte naquela noite. Ou foi tudo um sonho e ficou nela apenas a sensação de chuva?

E pulando mais uma poça, de mãos dadas com a mãe, percebendo o frescor da rua:

— Mãe, choveu ontem?

— Pare de pular, vai acabar se sujando toda.

Proibida de pular, mas ainda viva viva, contendo um impulso que surgia, Laura batia nas plantas dos canteiros para que os pingos explodissem em seu rosto. Imaginou a chuva pesada no telhado do seu quarto escorrendo para os bueiros da rua — e batia mais uma vez num talo de begônia, os olhos fechados para sentir os pingos — pensou na água caindo nas plantas, deslizando de folha em folha até ser sugada pela terra escura. E antes de acertar outro talo, sentiu o puxão da mãe:

— Você é impossível, Laura!

Apesar de ainda cedo, estava sendo um dia bom. Laura sentia-se esperta, como se prestes a exercer algum talento só seu. Sentada no meio da sala de aula com o rabo de cavalo firme, revelando o máximo de seu pequeno rosto, arrumava a carteira com o caderno e o estojinho colorido, de onde pegou a caneta que usava só para os títulos. E começou a escrever com aquela letra redonda enquanto o professor não chegava: Laura, Aracaju, Aula de Ciências, 12 de setembro de... o professor entrou na sala.

Estava com ar sério, misterioso, escondendo algo nas mãos. E pela forma como ele entrou, pela forma como estava posicionado no meio da sala, quem sabe até pela forma como tinha chovido na noite anterior, Laura sabia que seria um dia diferente.

— Hoje, no final da aula, vou sortear isso entre vocês.

O professor ergueu o objeto cilíndrico e marrom, e Laura pensou que não haveria outra maneira de apresentar alguma coisa senão assim.

Em seu pequeno corpo de criança, ela lentamente se preparava para receber coisa nova.

— Alguém adivinha o que é isso? — o objeto ainda suspenso.

Uma coisa crescia dentro dela, o coração acelerado, lançando-a num tempo só seu, longe de todo mundo.

— Ninguém?

Ela não tentava adivinhar o que era e torcia para que os outros também não adivinhassem, sentindo de uma forma gratuita que aquele objeto desconhecido seria seu.

— Ninguém?

Laura ia empurrando o estojo para fora da carteira, ganhando tempo — a sala estava preenchida por uma quietude difícil, adulta. A caixa de metal estalou no chão provocando grande barulho. Canetas de todos os tipos se espalharam pela sala. Não demorou muito para que os outros alunos as recolhessem, movidos não pela vontade de ajudar, mas pela revolta que toda criança tem ao que é quieto demais.

— Pronto — disse o professor, exercendo a sua autoridade e devolvendo a turma à expectativa que criara.

— Pronto — respondeu Laura, desculpando-se.

O professor, olhando-a de longe, diluída entre tantos iguais, não imaginava o que havia por detrás daqueles olhos moles.

— Como ninguém imagina o que é, vou falar.

Quanto mais perto de revelar o nome, mais pausadamente ele falava e mais Laura sentia que aquilo seria seu. Era mais do que querer muito. O que sentia não chegava a ser um desejo propriamente, afinal ela nem sabia o que era. Também não era uma esperança, que é a união de vários desejos iguais. O que explodia em seu pequeno corpo e se espalhava rapidamente era algo maior que uma certeza: era uma premonição.

— É um caleidoscópio — revelou o professor, finalmente.

Então era esse o nome: caleidoscópio. E repetiu baixinho, só para si. Ca-lei-dos-có-pio. Como se repetir fosse a prova necessária para possuí-lo como coisa sua.

Alguém perguntou para o que servia, se era uma luneta ou um microscópio.

— Não, não — disse o professor — não serve para aumentar ou diminuir o que se vê, nem para ver algo de fora. Está tudo aqui dentro — e fez uma pausa para engrandecer o que diria em seguida —, o que se vê aqui jamais se repete.

"Jamais se repete". Laura nunca tinha ouvido nada igual. Era mágica, mágica enfim acontecendo. Ela franzia a testa, impressionada, suas sobrancelhas quase unidas, ressaltando um naco de pele, um amuleto no centro da testa.

— Quem será o sortudo de hoje?

A menina quis ligar para a mãe e de algum modo lhe entregar o que estava sentindo. E então a mãe lhe diria: Laurinha, minha filha, é que você está sendo impossível de novo.

— Alguém quer olhar — perguntou o professor, e sua voz pareceu mais grossa — Laura, quer olhar?

Ah, isso já é demais! O seu coração batia forte. Laura levantou-se e sentiu que esse caminho, da sua carteira até o professor, era um caminho antigo e conhecido.

O caleidoscópio era grande, sobretudo em mãos infantis. Tão bonito. Fechou o olho e quando abriu já estava dentro. "Gire", disse o professor. E assim ela fez: as pequenas peças coloridas se encontraram no centro; girou de novo e elas tombaram para trás, desabrochando em flor. Ca-lei--dos-có-pio. Palavra grande e difícil. Não! Parece difícil, mas na verdade é muito simples. Ca-lei-dos-có-pio. Era como encarar uma bola de cristal. Quando se olha dentro do caleidoscópio, ele olha para dentro da gente também.

Laura devolveu o caleidoscópio com a tranquilidade de quem o teria de volta. O professor olhou-a com doçura, com a cumplicidade de quem diz: eu sei.

— Alguém mais? — e logo uma fila enorme se formou.

Em sua carteira, Laura esperava ansiosa pelo fim da fila, pelo fim da aula. Seus nove anos foram até então uma subida fácil em direção a um futuro em que as coisas aconteceriam de verdade. Como explicar essa certeza que tomava conta dela e fazia dessa subida algo mais íngreme? Tinha recebido de graça um presente maior do que ela poderia carregar.

De repente pensou: e se eu não ganhar? Impossível! Não havia alternativa. Vou pegar o caleidoscópio que é meu meu meu. O sorteio era apenas a forma como o caleidoscópio chegaria até ela. E depois de confirmada a premonição, ela teria para sempre esse poder secreto de descobrir os acontecimentos antes que eles acontecessem. É que sou impossível, mainha, diria ela mais tarde.

— Vamos lá — dizia o professor enquanto limpava as mãos sujas de giz. — Quem será o sortudo?

O professor chacoalhava o copo com os nomes de todos, o estômago da menina embrulhava.

— Quem será, quem será?

Laura era uma flecha prestes a ser lançada.

— Clara!

A bola de cristal estilhaçada.

— Clara, parabéns! É seu.

Laura levantou a mão. Sem pensar, a menina levantou a mão, decidida.

Todos viraram para Laura, inclusive Clara, que nem tinha estado na fila para ver o caleidoscópio e que veria agora só porque era seu.

— O que foi? — perguntou o professor e o seu rosto já não era o mesmo de quando entrou na sala.

Com a língua vasculhando o interior de sua pequena boca, à procura de algo para dizer, as sobrancelhas quase juntas, o amuleto cada vez mais visível, Laura quis falar da chuva diferente do dia anterior, das plantas encharcadas que encontrou mais cedo:

— Não é nada.

Durante toda a manhã a menina esteve errada. O que fazer com isso que restou? Se essa certeza a alcançou de forma gratuita e urgente, de forma gratuita e urgente deveria deixá-la também. Era tão perigoso possuir as coisas sem tê-las de fato.

Mais tarde, já em casa, Laura pediu à mãe que lhe comprasse um caleidoscópio.

— Ele é marrom, mais puxado para terra do que para chocolate e tem o mapa do mundo desenhado — disse, reforçando a memória para não a perder e, no entanto, já era uma despedida.

A mãe, surpresa com o pedido, pois não era brinquedo comum, era brinquedo de criança inteligente, olhou a filha e pensou que era naqueles momentos que os filhos cresciam. Prometeu que compraria.

No fim do dia, estava lá o novo caleidoscópio. Mas esse era diferente. Era rosa com as extremidades douradas. "Por dentro é igual a todos os outros", a mãe disse.

Laura correu para o quarto e aninhou o objeto na cama. Esperou ouvir algum chamado. Nada. Pensou no primeiro caleidoscópio, nas infinitas imagens que ainda não tinham nascido aguardando o seu movimento preciso. Girar o caleidoscópio lentamente era diferente de girá-lo com força, isso ela sabia. O que não sabia era que se removesse o fundo do caleidoscópio veria as peças caírem como uma chuva colorida no lençol branco. Sem mistério nenhum.

A LOJA DE BRINQUEDOS

Aquela conta era fácil de fazer, mesmo para ele que mal tinha começado a estudar a tabuada. Cada cartão foi quebrado em dois pedaços, então bastava contar um, dois, três — o dedo apontando os pedaços jogados na cama — quinze, dezesseis. "Dezesseis pedaços que dão... oito cartões", Miguel concluiu. Depois, como num quebra-cabeça, juntou as metades cortadas só para ter certeza. "São oito cartões mesmo". Minutos antes, os irmãos jogavam videogame, uma algazarra só, pois havia apenas um controle. Era sempre uma briga para decidir quando um terminaria para o outro começar. Acabava em confusão e o pai desligava tudo. Mas naquela noite não houve problema, apesar dos gritos empolgados. Crianças quando fazem silêncio é porque estão aprontando. Mas e quando eram os adultos que ficavam quietos demais?

Miguel deixou os irmãos concentrados no jogo e foi até o quarto dos pais.

— Não tem de onde tirar dinheiro — disse o marido.

— A gente vai dar um jeito.

Era estranho o tom de voz que a mãe usava com o pai, o mesmo tom que ela usava quando ele ou seus irmãos estavam com medo.

Num ataque de fúria, o pai cortou todos os cartões. A tesoura decidida, quase independente. Primeiro o BANESE, depois o GBarbosa e depois outros que Miguel não soube distinguir.

A mãe viu o filho espreitando no vão da porta.

— O que você está fazendo aqui, menino?

O pai correu para o banheiro e Miguel correu para os irmãos, que jogavam e gritavam sozinhos. Depois voltou ao quarto, de fininho, e notou que os pais ainda estavam no banheiro, escondidos, como só quem faz coisa errada se esconde. Sobre a cama, os dezesseis pedaços.

Miguel sabia inteiramente o que estava acontecendo, não era bobo. Faltava dinheiro e era preciso economizar. Era preciso não querer, não pedir nada. Naquela noite ele olhava as coisas por trás das coisas. Para que jogassem videogame, era necessária a luz, para ver tevê também. Para o banho, havia a água, para a louça suja também. Café da manhã, almoço, lanche... tudo isso exigia aquilo que os pais não tinham mais. E como eles comiam!

Somos tão esfomeados, pensava. Havia sempre um biscoitinho depois de cada refeição, um lanchinho mesmo sem fome. Quis conversar com os irmãos, mas eles ainda são tão crianças e eu sou o mais velho. Era um problema de adulto esse, ele sabia, e talvez por isso sentia seu corpo esticar, como uma massinha de modelar que é esmagada, rolando pra cá e pra lá, e que lentamente vai afinando e crescendo.

Mais tarde, deitado em sua cama, Miguel observava os irmãos dormindo, tranquilos. Amanhã é segunda e muita coisa vai acontecer. Ele estava atento. O abajur agora ia ficar desligado, já não tinha mais medo do escuro. Pensou no pai chorando, na fúria contra os cartões. Mudou de lado na cama. "A gente vai dar um jeito". Era impossível dormir assim. Os pensamentos eram águas que se acumulavam e a insônia era tentar removê-los com as mãos.

Até que se levantou e foi falar com a mãe.

Sentada na penteadeira, ela se olhava e escovava o cabelo. Estava fora daquele quarto, daquela casa. Miguel sabia onde ela estava, agora ele conseguia entender aquela cara sem expressão que às vezes ela fazia.

—Mamãe — disse, sobressaltando-a.

— Miguel, Miguel...

A mãe acomodou o filho no colo.

— O novo controle do videogame... a gente não quer mais. Um só é muito mais divertido.

— O domingo passou tão rápido... do que vocês brincaram hoje de manhã?

A pergunta da mãe dizia "esqueça o que viu agora à noite, esqueça!"

— Ficamos no quintal – ele respondeu – na loja de brinquedos.

Não era exatamente na loja onde eles ficavam, mas sim nos fundos, onde os quintais se conectavam através de uma porta improvisada. A dona da loja frequentemente precisava de ajuda para resolver pendências de manutenção, que surgiam especialmente nos finais de semana. Essa tarefa ficava a cargo do pai de Miguel. Para os meninos, um mundo encantado.

A alegria começava na adivinhação do que eles iriam encontrar. Bonecos, carros, balanços. Todos com problemas ou probleminhas. O combinado era brincar, conservar os defeitos e devolver depois. A cada final de semana, diferentes brinquedos apareciam. Mas havia sempre o super-homem. Tinha um braço só, no entanto, seus olhos eram firmes, heroicos, e com eles vencia os adversários.

A segunda-feira começou com a mãe chamando Miguel para o quarto. Estava séria e escondia algo em suas mãos.

— Preciso que você entregue isso à Dôra — e estendeu um bilhete mal dobrado, a mão dura, como se não quisesse soltar.

Miguel sentia não ter escolha. Sabia que naquele bilhete havia algo importante, algo que ele precisaria ajudar a concluir. Assentiu com a cabeça e nesse momento a mãe o achou tão parecido com o avô, esse gesto de sorrir com o canto da boca.

— Ela está na loja agora. Basta entregar o bilhete. Ela vai te dar outro, e então você traz pra mim.

— Só isso?

— Só!

A loja de brinquedos parecia uma igreja, ampla, abaulada e silenciosa. Mesmo os brinquedos nas prateleiras se assemelhavam a santos no altar, tão imóveis, distantes e, de certa forma... tão superiores. É o filho de Chico, ouviu um dos vendedores falar e Miguel sentiu que aquele não era um bilhete novo, já havia sido entregue antes.

Dôra estava lá no fundo, atrás do balcão. Parecia uma coruja, os olhos grandes, o bico fechado. Seu rosto estava voltado para o computador, mas seus olhos fitaram Miguel.

Nesse momento a loja crescia ainda mais, e ele ia ficando tão pequenininho.

— Minha mãe mandou entregar isso — disse, estendendo seu pequeno braço.

— Venha até aqui, meu bem.

Miguel percorreu o longo corredor. As prateleiras tão cheias de brinquedos. Brinquedos com olhos vivos, duros.

Nenhum cliente entrou naquele momento, pareciam saber que ali estava acontecendo algo que eles não poderiam interromper. Perfeitamente distribuídos pela loja, os vendedores não se mexiam. Se fossem guardas, esse seria o momento em que pousariam as mãos nas armas. No longo caminho, só o chinelo de Miguel fazia barulho. Lá na frente a coruja o esperava e os seus olhos eram pesados de encarar. Talvez por isso olhou para o lado e viu prateleiras e prateleiras do super-homem. Aquele mesmo super-homem. Mas agora com seus braços perfeitos.

Dôra pegou o bilhete e leu rapidamente. Depois olhou para uma vendedora como quem diz "é isso mesmo". E a vendedora, por sua vez, olhou para outro vendedor, que olhou para outro... e Miguel sentia que uma teia invisível se formava por toda a loja. O que teria ali no bilhete? Dôra encarava o menino com aqueles olhos. Não desviar, não desviar.

Até que, sem tirar os olhos do garoto, Dôra pegou a carteira. Miguel então se lembrou dos cartões: sim, era dinheiro mesmo o que a mãe pedia! O menino viu a dona contar quatro notas de cem reais, depois devolver uma à carteira e embrulhar as outras três no bilhete.

— Diga à sua mãe que eu só tenho isso.

"Ah, era tão difícil continuar olhando". Sustentou o máximo que pôde, mas abaixou a cabeça e ergueu a mãozinha:

— Tá bem.

Ele apertou o papel com toda a força. O caminho de volta foi ainda mais lento. Era difícil andar com todo mundo olhando. Mas antes de sair da loja e depois correr como nunca até em casa, ouviu alguém falar longe: ele nem agradeceu.

UMA TARDE DE DOMINGO

O domingo atingia o ápice lá pelas duas da tarde, quando os corações não batiam, e todo mundo morria um pouco. Embora todos da casa estivessem em fácil alcance, levemente evitavam-se após o almoço. Havia um cansaço sem sono a que todos estavam submetidos e que os obrigava a irem para o quarto descansar, exceto Olívia, sentada, imóvel na rede. Pode-se dizer que alguém cresce não com a idade ou com o tamanho, mas quando deixa de ver a rede como um lugar onde se pode balançar.

Com seus onze anos, dura como uma boneca na estante, Olívia observava a rua vazia, as nuvens altas, as árvores tão presas ao chão. A mão coçando o seu pequeno braço. Domingo era uma grande escada na qual ninguém andava. Grandes vitórias ou grandes tragédias: nada acontecia. Todo o Salgado Filho e mesmo toda a Aracaju estavam protegidos por uma inércia universal. Tudo em volta dizia: domingo, domingo, domingo.

De dentro de sua casa corria um vento mudo que se unia ao da casa vizinha e assim ia levando o silêncio para outros lares, encerrando os almoços, empilhando a louça para ser lavada depois, as televisões ligadas, arrependidas, o livro que é levado sem muito entusiasmo para o quarto, o corpo que cai na cama arrumada, o cuidado para não bagunçar demais. Domingo era a soma dessas coisas mornas e esquecíveis.

Em seu vestidinho fresco, Olívia esperava pelas coisas que estavam esperando por ela. Há tanta coisa acontecendo lá fora enquanto não acontece nada comigo, pensou e deu um pequeno impulso com o pé. Não é que o domingo desse pouco, ele não dava nada.

Sabia que um dia, em uma rua diferente, talvez até em uma cidade diferente, grandes coisas lhe aconteceriam, todas indispensáveis. Não sabia ela que não fazer nada numa tarde de domingo também fazia parte do que considerava "viver intensamente".

Um caminhão entrou na rua devagar, como se pedisse licença, tímido em seu motor, mas ainda assim um caminhão em seus efeitos e a pequena rua estreita tremeu um pouco e as copas das árvores balançaram envergonhadas. As coisas estavam tão elevadas e suspensas por linhas frágeis que poderiam despencar num só estrondo, como um grito no meio da noite.

E se eu gritasse? Se ela gritasse, os pais e irmãos acordariam assustados, algum cachorro latiria, os pássaros mudariam de árvore e as folhas então balançariam sem medo. Quem sabe um ou dois vizinhos apareceriam na janela e assim Olívia cortaria, ela mesma, as linhas que seguravam aquela tarde. Mas é que não se grita numa tarde de domingo.

Foi então que viu sair da inércia daquela tarde uma mendiga.

A mendiga vasculhava o lixo sem pressa. Olívia assistia aos seus movimentos. Logo o ato de observar foi se tornando mais intenso. Com o braço enfiado na lixeira, a mulher pareceu ter encontrado algo e talvez por isso mergulhou o rosto também, como se tivesse sido sugada. "Que nojo".

Também vou dormir, pensou. Levantaria e no mesmo instante a mendiga e sua lixeira desapareceriam para sempre. Mas permaneceu imóvel. Viu a outra tirar da lixeira um caju tão escuro como sangue preso e começar a cheirá-lo, desconfiada. Foi nesse momento que a intrusa percebeu o olhar de Olívia.

Elas se encararam, os olhares sustentados com a segurança de quem olha através de uma fechadura. Por um segundo, elas eram o segredo uma da outra. A famosa brincadeira de criança: encarar e não rir, encarar e não rir; a tensão cada vez mais forte, até que a mendiga não suportou mais:

— Você quer um pedaço?

Sua voz pareceu acordar toda a rua. O caju hasteado. Olívia ficou paralisada. "É só ignorar", afinal não se conversa com ninguém assim. "Não é comigo", tentou se convencer. Estar na varanda era também estar dentro de casa e havia a grade. Há uma lei, uma lei natural, que tornava qualquer conversa com aquela mulher uma conversa impossível. Olívia olhava agora o céu, as árvores, tudo, menos a mendiga e o seu caju.

— Eu sei que você tá me ouvindo. — E mordeu a fruta.

O coração da menina agora batia forte, a rede era um banco de concreto, seus olhos sem piscar, fixos no alto. Tão difícil não olhar. A grade agora parecia qualquer coisa que pudesse ser removida com a mão. A varanda ia ficando cada vez mais para fora da casa, uma gaveta sendo puxada.

— Está tão docinho!

A menina correu para dentro. "Ela não pode entrar aqui", e ia para o mais fundo da casa, que era a cozinha.

"Mas que bobagem, Olívia, é óbvio que ela não pode entrar aqui. Nunca!". Esse pensamento, embora muito verdadeiro, não deu a ela a tranquilidade de retornar. A semana começaria e afastaria com força o que acabou de acontecer. As conversas com as amigas, as aulas intermináveis, os deveres por fazer... Tudo isso faria da mendiga apenas uma lembrança antiga, quase inventada. A engrenagem que mantinha o dia suspenso movia-se devagar. Era no domingo mesmo que começava a segunda. Mas todos ainda estão descansando, pensou, sentindo o silêncio da casa. Ainda é domingo, concluiu. Domingo era falsamente um dia de descanso. É que no descanso as pessoas se esvaziavam, e domingo não era isso. Era um latejar sozinho. Sábado era puxar a flecha, segunda era soltá-la e o domingo era essa força acumulada. Mas não para aquela mendiga. Ela não tem domingo: já é a flecha lançada.

A mãe de Olívia entrou tão rápido na cozinha que quase se chocou com a filha. A menina sabia que a mendiga e aquela tarde não eram coisas que pudessem ser contadas.

— Estou com cólica, mainha.

Ignorando o que foi fazer na cozinha, a mãe apressou-se para esquentar água e fazer uma compressa. Tudo seguia numa tal fluidez, a engrenagem movia-se tão veloz agora que Olívia não percebeu quando acendeu as luzes da casa só porque já estava escuro.

SE VOCÊ FICASSE QUIETA

Tudo o que Lúcio estava pensando era muito difícil e ele mesmo se assustava com a própria crueldade. Queria que o ônibus fosse mais devagar para dar tempo de ser cruel e depois não ser mais. Precisava disso antes de chegar em Canindé. Visitar os pais sempre dava aquela sensação de hóstia grudada no céu da boca.

Há muito tempo não os visitava, e também a irmã e outros parentes, que ele só veria agora porque morava em Aracaju e isso lhe garantia o título de "homem da cidade". Mesmo assim, não queria vê-los.

O ônibus seguia com a determinação de um trem e não ser cruel já não era mais uma opção. Um dia não terei mais essa obrigação. Obrigação, sim! — pensar isso tudo era tomar uma dose de qualquer coisa proibida. E ele queria provar mais.

A família já deveria estar na expectativa de sua chegada. A irmã, na certa ansiosa, encabulada, sem saber expressar a saudade. O pai, com aquela distância tímida que os analfabetos têm. E a mãe... a mãe com todas as chaves de todas as gavetas, sempre prestes a abrir, tão ágil, tão interessada.

O portão enferrujado, a sala pequena, o sofá com a capa furada, o retrato grande na parede descascando. No ônibus mesmo já ia entrando na casa. O pai cada vez mais sem dentes, a irmã sem ambições, a mãe tomando conta de tudo, e Lúcio tão longe deles. A verdade é que ele não cabia ali naquela parede.

Fechou os olhos na esperança de desviar tais pensamentos, mas o desejo de ferir já havia despertado. E pensar já não era o bastante. Foi quando uma muriçoca pousou no encosto do banco da frente.

Quando criança, costumava desafiar as muriçocas: "se você ficar quieta, eu não te mato", era assim a brincadeira. E o inseto, como se entendesse, ficava imóvel até que, não suportando mais, se movia. À sua frente, a muriçoca distraída esfregava suas patas longas e desesperadas, sem imaginar que estava prestes a ter uma conversa difícil.

— Eu só tenho orgulho de você quando penso na sua morte — falou baixinho, numa frequência que só muriçoca mesmo podia escutar.

O inseto paralisou completamente. As patas, antes tão ligeiras, agora imóveis.

— Se você ficar quieta, eu não te mato.

A muriçoca o encarava com toda a sua imobilidade. O que Lúcio disse ficou reverberando no ar. Quanto mais parado ficava o mosquito, mais ele se sentia livre para se arrepender do que dissera. Até que o inseto desenhou uma geometria no ar e lentamente pousou no vidro da janela. O reflexo somou-se à muriçoca, dando-lhe coragem. O sangue de Lúcio esquentou. O bicho reiniciou o seu trabalho ancestral de esfregar as patas.

Todo o veneno voltava a circular no corpo de Lúcio:

— Família fraca, filhos fracos.

As patas continuavam frenéticas.

— Seria mais fácil se morressem.

O inseto parou.

— Eu saberia suportar um acidente. Vocês naquele carro velho e tudo acontecia. Então seria eu o único fraco e vocês ganhariam a força inquestionável dos mortos.

A muriçoca não se movia, as patas firmes no vidro.

— Se você ficar quieta, eu não te mato.

Qualquer micro movimento seria fatal. Ela permaneceu imóvel, sem ameaça de se mexer.

— O que será que se passa em sua cabeça de mosquito? Eu não consigo contar as batidas das suas asas, eu mal consigo te enxergar e, no entanto, você vive do meu sangue.

"Você tem o meu sangue e eu vou te amar pra sempre", era o que a mãe dizia toda vez que ele ia embora. Que mau gosto lembrar de sangue na hora do adeus, era uma forma estranha de possuir alguém.

As patas do bicho ameaçaram se mexer, Lúcio percebeu. A muriçoca estava indecisa, já conhecia a brincadeira. Mas como se não aguentasse mais, como se ficar parada já fosse uma espécie de morte, passou a esfregar as patas tão intensamente que parecia ser capaz de suportar o peso de uma mão. Lúcio esmagou o pequeno corpo no vidro frio e depois limpou o sangue no banco, livre de seu veneno.

FINA COMO UMA FACA

— O que é frígida, mãe?

A frase soou já gasta, como vinda de outra boca, mas o que a intrigou foi a aparente desconexão com o momento. Não o questionaria. Questioná-lo seria abrir espaço para a pergunta. Mesmo de costas para o filho, o seu rosto nada expressava, mas passou a cortar o tomate com pressa.

A faca cortando a pele com precisão e delicadeza, em mãos que executavam a graça de uma crueldade. Ser mãe era isso: uma faca cortando tomates. E, no entanto, o corte era sublime. A pressão que o metal exercia sobre a fina pele até o momento da pequena explosão, como se o momento do corte fosse para o tomate o auge de sua vida.

Os pequenos pedaços cortados deram à mãe a exata noção do tempo que o grande silêncio submetera não só a ela e ao filho, mas também à cozinha e ao resto da casa, incluindo o cachorro no quintal. Virando-se então, sem saber o que diria a seguir, mas tinha esperanças de que nesse pequeno giro alguma ação lhe fosse dada, percebeu que estava de algum modo pronta. Foi nesse pequeno giro, de avental e faca na mão, que lhe foi concedida a luz do improviso:

— Já arrumou a mochila?

—Já!

— Então vá lavar as mãos.

—Já lavei.

— Eu sei que você não lavou.

— Então prove!

Ele não desistiria! "Por que quer me ferir?", perguntava para si enquanto segurava a faca.

— Não me amole. Ainda não terminei o almoço.

— Eu espero.

– Pois então espere — disse ela quase de volta.

"Terminarei o almoço, e então tudo ficará bem". Mas foi no giro de volta à pia, o giro que deveria ser rápido, mas que foi feito com grande esforço, que viu a faca cair. Deslizou pelo chão atravessando a mesa até os pés do garoto. Os dois se olharam surpresos e ela demonstrou, pela primeira vez, uma expressão de horror que a tanto custo tentava esconder.

O filho pegou a faca e, por ser pequeno — apesar das sobrancelhas grossas que revelariam uma cara peluda —, a faca parecia uma arma ainda maior. "Só preciso agir naturalmente. Ele é muito pequeno e crianças esquecem rápido". O que tinha que fazer agora era se controlar. O filho apenas precisava comer, o transporte escolar chegaria, e então ela estaria livre para sofrer em paz.

Ah, por que ela se lembrava de quando era pequena, ainda em Propriá, e ouvia a mãe lamentar enquanto fechava a porta do quarto com força "eu não aguento mais"? Uma frase boba, uma frase que todos dizem.

— A senhora está muito nervosa — disse o filho, apontando a faca que, vista de frente, parecia muito mais afiada.

— Me dê isso aqui — e, se camuflando ainda mais no poder de mãe: — isso não é para criança.

Houve um silêncio entre eles que fez a mãe duvidar se o filho estava realmente ali.

— Por que painho saiu de casa?

O corte antigo voltava a arder. Com muita delicadeza, a mãe pousou a faca na mesa. Tinha evitado essa conversa ao máximo, imaginava tê-la num outro momento, mas a verdade é que estava pronta.

— Às vezes o amor entre pessoas casadas pode acabar e elas não ficam mais felizes quando estão morando na mesma casa. — estou indo bem, ela pensava, estou indo bem — Mas isso não tem nada a ver com você, o amor que seu pai e eu sentimos por você é para sempre e isso não vai mudar nunca.

Desde que o marido saíra de casa, na semana anterior, e ela sabia que dessa vez era definitivo — eu não aguento mais —, pensava em como contar isso ao filho. Ficou satisfeita por ter conseguido falar exatamente o que ensaiou, de forma serena, escondendo aquilo que a fazia tremer por dentro.

— Então o amor de vocês acabou para sempre?

— Sim, mas isso não quer dizer que...

O menino a cortou.

— Pra mim, a senhora ainda ama ele. Ainda ama muito.

— Meu filho...

O garoto interrompeu de novo.

— Mas ele não te ama mais, isso eu sei.

Ela sentiu a faca sendo enterrada em seu ventre e logo estava sendo cortada em pequenos pedaços.

A mãe olhava o filho cada vez mais parecido com o pai — o jeito autoritário de falar — e ia se refazendo para enfim terminar essa missão: ajudar o filho a atravessar essa ponte enquanto ela mesma ainda não sabia como fazê-lo. Mas é bem verdade que tinha algum prazer nesse esforço de se reerguer, de imaginar uma agulha perfurando todo o seu corpo, costurando os pedaços.

— Eu ouvi painho dizer isso a Tio José... que a senhora é frígida e Tia Lúcia era mais alegre.

A mãe estava sem reação, os pedaços esperando para serem costurados.

O filho ficou com raiva:

— Por que você não pode ser menos frígida?

De novo os pedacinhos, de novo essa sensação de estar se desintegrando, de afinar-se cada vez mais até restar uma só fatia, fina como uma faca.

— Você sabe o que é frígida, menino? — a mãe pegou a faca.

O filho encabulou.

— Você quer saber mesmo o que aconteceu? Quer saber por que o seu pai saiu de casa, por que brigamos tanto e por que minha vida virou esse inferno?

O garoto chorava assustado enquanto a mãe gritava com a faca na mão. Então ouviram a buzina do ônibus e ele agarrou a mochila.

— Saia daqui!

O menino correu em disparada para o ônibus.

Tarde demais, ela pensou, ele se lembrará para sempre.

MALDIÇÃO NUM PEQUENO QUARTO EM ARACAJU

Encarar a luz com os olhos bem abertos, sem piscar. Aguentar, aguentar, depois piscar várias vezes e enxergar bolinhas coloridas por toda a sala: eis uma mágica.

Os gêmeos corriam por cima do sofá para pegar as bolinhas na parede, no chão... um tentando mostrar ao outro o que só um vê.

— Ali no pé de painho – disse o gêmeo mais velho com urgência.

E o irmão, mesmo sem ver, acertou a luzinha com um tapa.

— Parou agora com essa brincadeira, ordenou o pai, sem tirar os olhos da novela.

— É que as bolinhas se mexem, justificou o gêmeo mais velho.

O pai não entendia.

— Agora está no pé de mainha, disse o gêmeo mais novo.

O irmão foi lá e deu um tapinha na mãe.

— Pronto, chega — interrompeu a mãe puxando o menino para si, abraçando e prendendo seu pequeno corpo.

Na tevê uma atriz chorava. O menino viu a mãe ficar comovida. Como trabalha bem, disse ela, isso é que é atriz!

A novela acabou e logo em seguida começou o jornal. A moça do tempo falava de fortes pancadas de chuva, desde o recôncavo baiano até Alagoas, e o gêmeo mais novo correu para apontar na tevê onde ficava Aracaju. Não conseguiu.

Mais em cima, disse a mãe, e, com o talento para orientação que tinha: Aracaju está em Sergipe, que está no Nordeste, que está no Brasil. É como uma caixinha que está dentro de outra e dentro de outra.

— Aracaju é muito guardada, o mais velho concluiu.

O pai, para contribuir também com algo que servisse de ensinamento aos meninos, completou: Aracaju só sai no jornal quando é tragédia.

A mulher repreendeu o marido com aquela cara dura. Sobrou para os meninos que foram obrigados a escovarem os dentes.

Era tão difícil conter aquele impulso de fazer qualquer coisa intensa e depois ficar imóvel na cama.

O gêmeo mais novo prometeu escovar os dentes se pudesse ver desenho no quarto dos pais depois. A mãe concordou. O mais velho não queria ver desenho, mas nada disse, aproveitou para ir sozinho ao quintal.

Ninguém o adivinharia ali àquela hora e saber disso lhe dava um poder estranho.

As Três Marias, a brisa que sentia contornar o seu corpo, tudo ali pertencia a ele. Era triste e bom sentir--se assim. O menino andava no escuro, sua mãozinha roçando o muro de tijolos. Isso que é um ator, pensou. Ficou sério de repente. Os olhos fixos num só lugar. Estava tentando chorar, o queixo tremendo. Mas não conseguiu. Nenhum barulho na noite. Sentia as coisas quietas demais, mergulhadas num silêncio que precede a chegada de alguém. Quem é que vem? Ninguém apareceu. Mas então por que o seu corpo todo se arrepiou? De mansinho, sem chamar a atenção (de quem?) foi voltando para dentro de casa.

Mas era tarde demais. Parte daquele silêncio ficou com ele seduzindo-o a movimentar as coisas. Viu o irmão no quarto, tranquilo, assistindo ao desenho.

Deitou-se no chão e foi se arrastando até o quarto dos pais.

— Me acuda – gritou.

O mais novo olhou assustado e não entendia por que o irmão estava ali.

— O diabo está lá no nosso quarto – disse com a voz trêmula.

— Pare com isso!

— É sério, eu juro! — E os seus olhos ficaram subitamente úmidos.

— Vou chamar mainha.

— Não, não chame. Se você chamar, ele vai matar a gente — arregalou os olhos, o rosto pálido como uma vela — ele tá me puxando, me acuda!

O gêmeo mais novo, desesperado, pegou o braço do irmão.

— Rápido, me ajude, rápido.

O mais novo puxava o mais velho com toda a sua força em direção à sala, mas a força oposta pela qual o irmão ia sendo puxado era mais forte e arrastava os dois para o diabo. O gêmeo mais velho se impressionou com a fúria que o puxava. Sou eu mesmo? O mais novo conseguia arrastá-lo um passo à frente e o diabo puxava dois para trás. Estavam quase chegando no quarto escuro. Nos olhos do mais velho surgiam lágrimas que não escorriam. São lágrimas mesmo, pensou, e teve vontade de sorrir, são lágrimas de verdade!

Na iminência de entrar no quarto, o gêmeo mais novo puxou o irmão com todo o seu fôlego, inclinando-se para trás. O mais velho, levantando-se, fez o mesmo. Os irmãos formavam um triângulo invertido, como se estivessem os dois à beira de um precipício, cada um com sua queda.

— Ele pegou no meu pé – e a voz do mais velho era de quem tem medo.

O mais novo, apavorado, soltou o braço do irmão e os dois foram igualmente lançados em direções opostas. O mais novo caiu no meio do corredor, levantou-se em seguida, o coração acelerado, e foi se aproximando do quarto. Só preciso acender a luz, pensou. Ficaria do lado de fora e com seu pequeno braço tatearia a parede até achar o interruptor.

– Ahhhhhhhhhhh!

Não sabia de que lado do quarto o grito saiu. Fechou a porta, sem pensar, com tanto vigor que a maçaneta caiu do lado de dentro. Depois correu desesperado para a sala.

O gêmeo mais velho ficou no escuro total, sozinho com essa força que criara e que agora existia independente. Procurou o interruptor para acender a luz, mas não conseguiu encontrar. Sentiu medo. Seu pequeno interior tremia como uma harpa que foi tocada, mas ele não conseguia emitir nenhum som.

Aquele silêncio de novo. Quem é que vem? A criança notou algo mais escuro que o escuro. Uma espécie de sombra dentro da sombra. É uma maldição, pensou. É a minha tragédia. Escondeu o rosto com as mãos, mas a tentação de voltar a olhar foi maior. Observava aquela coisa parada, mas seu olhar ia ficando mais rápido, mais intenso, acumulando uma sucessão de imagens iguais. Vou parar de olhar agora, decidiu, mas continuou olhando. Agora. Agora.

De repente, a mãe abriu a porta do quarto e acendeu a luz.

— Para a cama já!

Na cama de baixo, o irmão mais velho pensava longe. Nada grandioso pode acontecer aqui. Nenhum evento mundial, nenhuma revolução. Aqui nada começa ou termina. Sentia-se como uma joia perdida numa gaveta. Quem irá descobri-lo e revelá-lo como algo muito, muito valioso?

Na cama de cima, o mais novo quase adormecia. Se esticasse o braço, o mais velho encostaria na cama do irmão. Mas então por que sentia como se estivessem tão distantes? Que efeito era esse que a noite exercia sobre as coisas ao redor, que amplia e afasta tudo? O guarda-roupa, por exemplo, era mais que um guarda-roupa. A janela já não era mais quem ela era de dia.

— Estou na cama de baixo, na rua São João, no Bairro Industrial...

Falava e ia crescendo para fora daquela casa.

–Xiu! – Fez o outro lá de cima.

BATALHA IMPOSSÍVEL E POR ISSO BREVE

Que bom que a Praia do Refúgio era logo ali. E que bom que ela tinha esse nome. É coerente, ele pensou. Toda coerência provoca uma certa satisfação, mesmo em situações como aquela.

Ele corria pela areia, evitando o máximo que o mar o tocasse, os sapatos na mão. Até que chegou a um ponto onde ninguém, pela distância, pudesse dizer se era uma criança ou um adulto, e sentou-se sem medo de sujar o terno preto e novo.

As ondas quebrando faziam um chiado constante de rádio sem sinal.

— É verdade que com o bater de um cajado na areia te abriram pelo meio?

— O que faz alguém vir aqui de terno no fim da tarde? — era uma pergunta que o mar poderia fazer se fosse uma pessoa.

— Pare as ondas agora! — e batia o punho na areia.

— E por que abraça tão forte as pernas? — era outra pergunta que o mar poderia fazer se não fosse mar.

— Baleias nadam, procriam e morrem em você. Eu sei.

— O que é isso que parece querer saltar de seus olhos?

— Não sei dizer quantos navios afundaram dentro de você, mas eu invento.

— Provar dessa coisa seria provar do meu próprio corpo?

— Em você o mundo começou e provavelmente é em você que ele acabará.

— Quantos anos você tem?

— Você nem me vê.

— Só cento e vinte mil anos?

— Nesse momento uma jubarte acaba de parir, deixando um rastro de sangue. É tão óbvio.

— O que há em seus olhos parece maior que você.

— Agora um polvo se camufla num coral. Agora uma tartaruga prova do teu sal pela primeira vez. Agora um tubarão parte ao meio uma foca na África do Sul. É tão óbvio.

— Daria uma ilha para saber o que acontece dentro deles.

— Até seus mistérios são óbvios.

— Madagascar?

— Um peixe da zona abissal acende uma luz e nos diz o quanto de você não sabemos.

— Isso que você carrega em seus olhos é tão extenso quanto eu?

— Seu mistério diminui a cada cento e vinte mil anos.

— Não! É maior do que eu.

— Nesse momento um polvo sonha e sem querer muda de cor...

— As geleiras da Antártica?

— ... então chega um peixe maior e o come. Eu adivinho as suas falhas.

— Eu preciso saber!

— Podemos prever, com margem de erro para mais ou para menos, os dias de seus maremotos e tsunamis.

— Há cento e vinte mil anos, eu preciso saber!

—Já as minhas jubartes fazem acrobacias anônimas. Revelo e afundo ilhas que ninguém jamais descobrirá.

—Eu só sei ser mole.

—Um dia sonhei que você secou.

—Mas já furei algumas pedras.

—Você foi todo sugado por um ralo e seus animais e plantas eram restos de comida numa pia.

—Eu não sei não existir.

—Por que suas ondas pararam no ar?

—Vamos: pegue o seu cajado e ordene.

—Não, você continua indiferente a tudo.

—Ordene e minhas águas serão muros à sua direita e à sua esquerda.

—Quero a minha mãe.

—O que é uma mãe?

Já eram seis da tarde e o escuro fez aquele chiado aumentar. Ele chorou, finalmente.

A maré subiu e tocou os seus pés.

—É preciso dizer à tia Joana que o rádio agora é meu.

MAINHA

O dia passou como um grande bocejo, pensou Alice, já arrumando a cama e acendendo o abajur, os olhos brilhando de sono. Como pode ficar tão exausta (tão exausta!) e ainda assim achar que o dia passou como um bocejo?

"Mas o que eu fiz hoje?" Tentou relembrar o que fez sem muito esforço, acreditando que os acontecimentos importantes teriam força suficiente para se apresentarem por eles mesmos. "O que eu fiz hoje?" Os gêmeos foram e voltaram do colégio, o marido foi e voltou do trabalho... e ela, o que fez? Ao longo do dia, abria a geladeira só para constatar que não havia necessidade de ir ao supermercado. Fez o mesmo com a gaveta de remédios: estavam todos ali!

O que fiz hoje?

Mais cedo, quando acordou e abriu a porta do quintal, recebeu um vento tão forte e frio que arrepiou cada pelinho de seu pequeno corpo e, agora, às nove horas da noite, esse mesmo vento permanecia com ela, subindo e descendo das pernas para a cabeça, girando, girando, como um pequeno furacão. "Não, não como um furacão", pensou, o vento deslizava de um lado a outro como uma nuvem.

"Isso! Como uma nuvem!", uma nuvem que passava bem devagar por sua cabeça, fazendo-a bocejar.

E com um bocejo longo veio o alívio de não precisar fazer nada. O médico lhe recomendara isso: não fazer nada. Pelo menos por quinze dias, não precisaria mais se preocupar com aqueles alunos ou lidar com aqueles colegas presunçosos e sonhadores demais. "Mais importante do que os remédios", disse o médico, "é não fazer nada!" O que ela não perguntou, pois a pergunta poderia soar irônica (e há muito ela já não podia ser irônica), era como saber que o que fazia poderia ser considerado "nada".

Mas agora que estava livre das chateações do trabalho, qualquer compromisso com o marido e com os filhos também pesava mais que antes. Quando se tem um pouco de liberdade, logo se quer uma liberdade maior, e por isso ela preparava a cama mais cedo do que de costume.

Preparava-se para se deitar apenas para dar um sinal aos operários da família de que já estava na hora daquele dia acabar e, sem perceberem, marido e filhos seguiam o ritmo regido, em segredo, por ela. Arrumava a cama como quem toca o sino da catedral para a missa das nove horas, mesmo que ainda sejam oito. Eram apenas oito horas, e ela bocejava suave, longe. Até que o marido entrou no quarto:

— Os meninos já estão deitados. Estavam morrendo de sono... e eu também.

"Vocês não estão com sono de verdade", pensou ela, tocando o sino.

— Vamos dormir. — Ela apagou a luz do quarto, iluminado apenas pelo amarelo do seu abajur, o que deu a impressão de já ser muito, muito tarde.

Alice sabia que o marido dormiria logo e ela teria então aquele momento que chamaria de minha hora.

— E como se sentiu hoje? — perguntou ele com certo receio de ser uma pergunta errada.

— Ah, tão cansada, apenas cansada do dia.

— Descanse — disse ele, mesmo não compreendendo, e já estava com os olhos fechados.

Você faz parecer tão fácil, pensou, faz parecer que dormir é algo realmente natural, como se não houvesse esse abismo entre estar acordado e o sono profundo, como se estar acordado e dormir fossem um ato só e não essa montanha que precisava ser escalada toda noite. Mas não hoje. Hoje ela passaria por essa montanha como a nuvem passou por ela durante todo o dia.

O marido agora já dormia e Alice pensou nos filhos. Apesar de gêmeos, eles eram diferentes. Um tão para fora, tão integrado ao que ia acontecendo. Se tivesse um pesadelo, por exemplo, acordava chorando, chamando pela mãe e isso resolvia tudo. Mas o outro... o outro era lento, como se houvesse algo separando-o de todas as coisas e, quando tinha um pesadelo, dizia horas depois e com muita calma "mainha, tive um sonho ruim" e não contava o sonho. E mais tarde repetia "mainha, tive um sonho ruim", e o sonho ficava com ele até dormir de novo.

Mas não tinha por que pensar essas coisas agora. Tinha ainda algum tempo antes de dormir de fato, um tempo só dela. Um tempo para o qual se preparava para receber de novo aquela sensação de nuvem deslizando. Olhou o marido dormindo pesadamente. "Parece um cachorro", pensou, "um cachorrinho doce e ridículo". Ela ria de prazer. Sem barulho, Alice se contorcia de tanto rir. "Não posso rir para sempre, não posso."

Os gêmeos, o marido e a própria casa estavam agora desligados, nulos. Mesmo quando eles estavam fora, na escola ou no trabalho, era diferente de agora. Numa casa de homens, estar acordada sozinha era o máximo da liberdade. Lembrou-se do médico, de seus conselhos para aproveitar esses dias: ir à praia, comer o que gostasse. Falaram de frutas, e ela mencionou que amava caju. "Então compre caju", ordenou o médico, "faça um suco, nessa época estão tão docinhos que nem precisam de açúcar." Mas o que ela não disse era que não gostava do gosto de caju, apenas do cheiro, e que gostava de caju da mesma forma que gostava de rosas. "Quando você era criança, o que queria ser?", perguntou o doutor. Ela viu em seu rosto certa satisfação de quem se achava encaixado, e isso a ofendeu. "Quando era mais nova, escrevia", respondeu, inventando um pouco.

Mas é que aquele impulso que tomou quando menina perdeu toda a força. "Tudo parece ser tarde demais, doutor", respondeu ela em sua cama como se só agora pudesse continuar o diálogo do dia anterior, "tudo já foi revelado, doutor, mas é verdade que há sempre tempo de ir à praia."

Há sempre tempo de ir à praia, e a nuvem passava por sua cabeça, indo para lá e para cá. Agora, do seu quarto, era tão fácil ir à praia de Atalaia — aquela água morna, morna como um útero, cobrindo e descobrindo seus pés. E era igualmente fácil sair da praia e ir direto para o cajueiro de sua infância, arrancar um (bem vermelhinho) e inspirar bem fundo. "O cheiro não acaba é nunca, doutor." Quando voltasse ao consultório, dali a quinze dias, diria que caminhou bem cedinho pela praia e que também comprou cajus. "Muito bem, Alice", o médico diria, "muito bem."

Apoiou as costas na cabeceira e sentiu o corpo se dissolver como um comprimido debaixo da língua. De repente aquela vontade incontrolável de rir, as mãos segurando a boca. O marido começou a roncar e ela quis rir mais. "É a melhor hora do dia."

A nuvem agora voltava trazendo um bocejo enorme e depois outro e mais outro. Ali no Bairro Industrial, em seu pequeno quarto fechado, estava tão protegida de tudo, tão escondida, sergipanamente escondida. "Aqui o discurso do presidente não me atinge, aqui o vencedor de qualquer Nobel não me alcança e qualquer descoberta em Marte passa longe de mim."

Sentia-se leve, feita de espuma — ah, não quero ir agora, só mais um pouco, só mais um pouco. Alice pegou um papel próximo ao abajur. As letrinhas miúdas se mexiam, pareciam fugir dela (e como gostou daquilo!). Ela perseguia as palavras, que aos poucos se cansavam e se tornavam lentas, e então pôde ler "meia-vida de aproximadamente dez horas."

Aproximadamente. "Que palavra minha, doutor. Eu sou aproximadamente. Aproximadamente é também o comprimido que se dissolve. Vou agora a uma biblioteca, uma biblioteca gigante e procurarei em todos os livros a palavra aproximadamente. Não é possível criar nada sem aproximadamente. Se sair à rua agora, minha camisola de seda refletirá a luz da lua. É o meu jeito de estar aproximadamente dela. Daqui da minha cama, eu vejo todo mundo, mas ninguém me vê. Isso também é estar aproximadamente".

O marido roncou mais forte e Alice entendeu que agora precisava ir. Deitou-se, enfim. A nuvem já tomava toda a casa, mas, de repente, como quem põe a mão para fora da água antes de submergir por completo, ela descobriu que um dos gêmeos não dormia. A mãe o adivinhou rolando de um lado para o outro na cama, enquanto o irmão desfrutava de um sono perfeito.

"Ah, meu filho." A mão afundando cada vez mais. "Não pense tanto, meu filho. Se distraia mais, não fique tão atento. Sonhe seus sonhos ruins e depois esqueça-os, nem que para isso você precise gritar e acordar seus pais, mas esqueça-os. Não se impressione tanto, minha criança. Construa em si um lugar só seu com praias de águas mornas e árvores frutíferas e fique nele até dormir. Faça de tudo, meu filho, para não precisar da coragem. Não enfrente, não resista e, acima de tudo, encontre aquela palavra só sua e chame por ela como um filho chama uma mãe."

Alice agora dormia um sono profundo, infantil.

No outro dia, ao acordar, não se lembraria de ter apagado o abajur, mas teve uma vaga impressão de que alguém havia apagado por ela. E que docemente a observou dormir.

HERANÇA

De dentro do quartinho escuro, havia coisas que eles só se lembrariam quando entrassem, coisas que sempre estiveram ali, existindo no silêncio.

Antes de entrar, Juliano observou o interior do recinto pela fechadura, nada via. Era incrível como, mesmo sabendo que o avô estava morto, ainda sentia que ia vê-lo ali dentro, sentado na cadeira de balanço.

— Anda logo, Juliano! A gente não pode demorar — disse Júlia enquanto colocava as luvas e a máscara.

Juliano abriu a porta e uma espessa onda de poeira flutuava pelo recinto.

— Esse lugar está imundo — disse a irmã, e mesmo com as luvas suas mãos pendiam alertas, preocupadas em não encostar em nada.

Na lembrança, o quartinho parecia maior, talvez porque eles fossem menores na época. Mas fora a proporção, o lugar permanecia o mesmo. Havia uma estante de ferro que ia de uma parede à outra, cheia de livros velhos. No meio do quarto, estava a cadeira de balanço. Juliano deu um toque e ela tombou para frente e para trás, para frente e para trás. Quantos balanços já foram feitos ali?

Quis sentar-se, mas por algum motivo pensou que o avô falecido ficaria furioso com isso.

— Pensei que poderia ter alguma coisa de valor aqui, mas pelo visto só estamos perdendo tempo — disse a irmã.

— Se a gente conseguisse convencer mainha a vir também, não teríamos vindo escondidos, como ladrões.

Há muito tempo a mãe não visitava aquela casa. Depois que se mudaram para o outro lado da cidade, os netos só falavam com o avô por telefone.

— Você acha mesmo que ela viria só porque ele morreu? — perguntou Júlia — Ela vai vender essa casa para o primeiro que quiser comprar.

Era uma casa pequena, no centro de Aracaju. Valiosa apenas porque estava perto da Catedral, onde o avô assistia à missa todos os dias.

— O que é aquilo lá em cima? — Júlia apontava e de dentro da luva seus dedos encrespavam.

— É o cristal — Juliano se lembrou e subiu num banco velho e sujo — Deixa que eu pego.

— Como você tem coragem de encostar nisso? — Júlia abriu a bolsa e tirou um lenço umedecido — Toma.

Juliano limpava e o cristal ia ficando cada vez mais brilhante. Era um brilho roxo quase azul, impossível não olhar.

— Lembro que voinho não deixava a gente olhar ao mesmo tempo e eu ficava lá fora, esperando a minha vez — Juliano disse, enquanto encarava o brilho do cristal.

— Magia não é coisa que pode ser dividida — disse a irmã imitando o avô.

Os netos o chamavam de O Mágico. Usava até uma capa na hora da brincadeira. Os irmãos pensavam nisso tão absortos em suas lembranças, hipnotizados por aquele brilho que se movia discretamente.

56

— Sabe quando você olha muito um objeto e esse objeto parece que ganha um rosto? — perguntou a irmã.

Júlia fez uma conchinha com as mãos para olhar o cristal no escuro.

— Ele dizia que era no escuro que o brilho ficava mais intenso, mas olhando agora — dizia ela — o cristal não brilha.

Juliano fez a mesma coisa. Olhou, olhou e nada:

— Acho que não está escuro o suficiente — disse.

Juliano empurrou devagar a velha porta de madeira, que rangeu baixo como um grito abafado, e o quarto ficava cada vez mais escuro.

— Melhor não — pediu a irmã.

— Melhor não — concordou.

Júlia retirou um álcool em gel da bolsa e passou por sobre as luvas. Enquanto fazia isso quis também beber um pouco daquele gel. Imaginou o álcool descendo por sua garganta, limpando tudo por onde passava. Queria mesmo era tomar um bom banho e esfregar com sua esponja nova cada pedacinho do seu corpo.

— Não tem nada aqui que valha a pena — ela disse.

— Mas e o cristal? — perguntou o irmão.

— Você quer levar?

— Não! Você quer?

— Também não!

Os dois irmãos olhavam todo o quartinho, um de costas para o outro, cada um vigiando o que podia. Eram João e Maria perdidos na floresta.

— Vamos embora — decidiu a irmã.

Assim que saíram, Júlia logo tirou as luvas, a máscara e guardou tudo num saco plástico. Juliano encarava a porta fechada.

— Posso chamar o táxi? — perguntou a irmã, que se limpava com todos os lenços que tinha na bolsa.

O buraco da fechadura convidava a olhar. Lá dentro as coisas continuavam a existir: a cadeira e todos os balanços que já foram dados; os livros velhos, sem capa; e o cristal, que continuaria brilhando, mesmo sem ninguém ver.

ARACAJUAN JUICE

Impossível ser ele!

Acontece que a impressão de ver alguém é mais ligeira do que o ato de enxergar realmente uma pessoa e, no instante seguinte, perceber que não poderia haver alguém mais diferente. Mas aquela nuca que Nicolas viu, sentada, na última barraca em frente ao mar, lhe trouxe um frio delicado, contrastando com o sol forte do meio-dia.

Minutos antes, Nicolas andava por entre as mesas, os chinelos na mão, caçando sombras até chegar em sua barraca. A mesma de toda segunda. Sentou-se, enterrou sem pressa os pés na areia e só então notou aquela cabeça flutuante.

Não pode ser ele!

Agora esperava que o pescoço mudasse, que encontrasse um formato de orelha diferente ou qualquer coisa que o fizesse concluir: que ideia, não é ele! Mas a verdade é que dentre uma multidão saltitante bastaria alguns segundos para identificar aquela nuca. A mesma que observou por anos na sala de aula e que agora estava sentada à sua frente.

Sim, era ele.

Antes de pensar em fugir, o pescoço deu um giro e Eduardo apareceu com todo o seu rosto.

— Nic? Não acredito!

Nicolas arregalou os olhos com exagero para compensar a falta de palavras.

— Claro que em algum momento cruzaria com você: é Aracaju. — Eduardo trocou de mesa como se não houvesse outra atitude.

Ele não mudou nada, pensou Nicolas. Maldito, não mudou nada. O amigo deu um leve toque no ombro de Nic e isso o fez perguntar, mesmo sabendo bem a resposta:

— Edu! Há quanto tempo no Canadá?

— Dez anos.

O sol estava implacável. Eduardo aproximou ainda mais sua cadeira para se abrigar na sombra. Nic sentiu a antiga porta ranger e tudo o que havia atrás dela pareceu forte e renovado. Só então percebeu que Edu estava sem camisa e usava apenas um short vermelho. Isso fez Nicolas aprumar a postura. A praia de Aruana era o mar e várias mesas amarelas na areia. E em uma dessas mesas, os dois. A brisa contornava Eduardo e depois acertava em pequenos socos o rosto de Nicolas. Era possível sentir o sal no ar.

— Dez anos. — ele repetiu.

Dez anos também era o tempo que fazia desde aquele show na praia… Por que parece que nunca aconteceu?

Eduardo explicou que estava na cidade por conta dos setenta anos da mãe, que tentava sempre vir uma vez ao ano e que, caramba, que bom encontrá-lo depois de… dez anos! Você tem um tempo?, perguntou. Ainda vou pedir uma água de coco, o outro disse.

Com a mão direita ele encostou no braço do amigo, atrasando qualquer coisa que Nicolas pudesse dizer, e com a esquerda chamou o garçom, a mão erguida de uma maneira que Nicolas identificou como "o jeito dele de chamar alguém". Eduardo pediu água de coco e outro suco de mangaba.

— Mangaba? — Nic perguntou.

— Ah! A coisa que mais sinto falta é mangaba.

Disse quase sentindo o sabor da fruta e seus lábios grandes ficaram ainda maiores. Nicolas quis perguntar se ele se lembrava do show.

— Mas me fala, Nic, como você está?

— Ah, não! — Nicolas respondeu. — É aqui que entramos em conversas sobre o passado, de como vai fulano, se tal lugar ainda existe etcétera etcétera?

— Você não mudou nada — e a voz de Eduardo era "aquela voz". — Esse jeito de desmontar protocolos, de dispensar rituais... Lembra de quando você me obrigava a dizer algo original, algo que ninguém no mundo tivesse dito?

— Seu sotaque mudou.

Não era propriamente o sotaque. Ele ainda tinha a mesma voz, mas agora possuía um jeito adquirido de falar as coisas, um ar de quem forjou um lugar fixo no mundo.

Eduardo riu. Ele riu e tudo voltou. Não para a noite do show, mas para todas as noites em que Nicolas pensava na noite do show.

A muitos metros, o garçom trazia as bebidas. Isso justificou o minuto em que ficaram em silêncio. Tempo suficiente para um carcará pousar e bicar qualquer coisa na areia; para um vendedor de amendoim passar por eles em silêncio; para um homem galopar um cavalo à beira do mar.

As bebidas chegaram. Nicolas permanecia em silêncio. Eduardo tomou um gole de seu suco.

— Esse suco tem um poder... de repente a cidade inteira cabe aqui num só gole. Já tentei procurar em tudo que é canto lá no Canadá. Até tem um restaurante com "sucos brasileiros", mas ninguém nunca ouviu falar em mangaba.

Era possível ver o visgo do suco contornando a boca de Edu. Nicolas voltou ao show, lembrou-se de quando chegou e ficou procurando pelo amigo. Não demorou até reconhecer o seu pescoço, pulando entre estranhos.

— O mar também é outra coisa de que sinto falta.

— Nosso mar é feio. — Nicolas disse.

— Depois que o perdi, descobri que sempre o quis assim: distante, turvo, quente.

Nicolas pagaria qualquer coisa para saber onde seu pensamento estava agora.

— É tão constante e calmo — Edu continuava — que consigo dizer que é o único mar onde se pode entrar de olhos fechados e de olhos fechados sair.

Houve uma pausa.

— Vamos tomar um banho?

Com vergonha, Nic tirou a blusa. Os dois caminharam a extensa faixa de areia até chegar ao mar.

Lembra-se da noite do show? Nicolas quis perguntar, mas tudo o que fez foi correr em direção à água. O amigo fez o mesmo e venceu com facilidade.

— Maldito. — Disse Nic, empurrando o colega. Os dois mergulharam.

As ondas não forçavam nada. Contornavam seus corpos. Eram bem-vindos ali.

— De todos nós, era você quem sempre falou em ir embora.

A pergunta boiava sem pressa até afundar na água turva. Nicolas nada disse. O ressentimento é a moeda mais preciosa de quem nunca partiu. Não pertencer é a conta mais cara para quem não voltou.

— Isso que você falou do mar. — Dizia Nic fechando os olhos. — foi quase original.

— Ah, não começa.

Nicolas se preparava para fazer a pergunta:

— Vamos, me diga algo original, algo que ninguém no mundo nunca disse.

Edu enfiou a mão na água, cavucou a areia e voltou com uma bolacha de praia.

— Vamos ver, vamos ver... o mundo é enorme, certo? E há nele uma variedade de coisas... lugares... de pessoas... e de frutas! — Ele arremessou a bolacha, que caiu muito longe. — Mas a verdade é que nada mais pode ser descoberto, chegamos num limite, tudo é variação ou repetição... já sei: tudo é Aracaju! Isso é original, não é?

Agora era inverno e a neve cobria tudo. Nicolas parecia estar na porta de um restaurante que nunca frequentou. Eduardo estava confortável em seu lindo sobretudo marrom de botões dourados. Mesmo sem ter certeza de como seria pegar um pouco de neve, Nic tirou a luva e segurou aquela coisa gelada, branca, de textura fantasiosa. Entraram.

Eduardo reclamava de tirar casacos e cachecol só para depois vesti-los. Nessas horas, disse, tenho vontade de sair do Canadá. Nicolas seguia obstinado em achar o *brazilian juice* no cardápio. Edu esticou o braço chamando o garçom, daquele jeito que Nic sempre identificaria como o "seu jeito especial de chamar alguém."

— *Sir, please, two brazilian juices.*

— Dois? — questionou Nic — E se for ruim?

— Não tenho dúvidas de que será ruim. Onde já se viu mangaba no Canadá?

Eles riram. Isso é quase original, disse Nicolas.

— Ah, não começa!

Os sucos chegaram.

— Vamos, me diga algo original, algo que ninguém no mundo jamais disse.

Eduardo olhou para a neve caindo do lado de fora da janela, pensativo. Tomou um gole do suco e seu rosto se contorceu de tão amargo. O visgo brilhava, mas aqui Nicolas não mais precisava pensar naquela noite do show.

— Vamos ver, vamos ver... é errado chamar isso de *brazilian juice* se é um sabor que nem metade do Brasil conhece... o certo seria chamá-lo de... *aracajuan juice* — disse, rindo. — Isso! *Aracajuan Juice*! Isso é original, não é?

Nicolas protegeu com a mão os olhos do sol.

— Não! — Discordou virando-se para ficar de frente a Eduardo . — Isso não foi exatamente original.

Edu o interrompeu. Estava preocupado procurando algo na areia.

— Você viu uma aliança? — disse — Minha aliança de casamento?

O VESTIDO

— Dançar? — Elisa perguntou, vermelha, e com timidez balançou a saia do vestido.

— A noiva que se cuide — disse o vendedor.

Outra vez aquela quentura no rosto. Um dia o rádio relógio ligou sozinho, sozinho! E uma música muito bonita começou a tocar. Como era mesmo o refrão? Era tão bonita que ela não teve outra opção a não ser desligar.

— O vestido é realmente lindo — e esperou que o vendedor dissesse algo que atenuasse o sentimento de estar sendo "moderna demais".

Era um vestido vermelho carmim sem alça com um corpete bordado de pedras pretas e discretas. O corpete contornava seus seios, que se uniam formando uma pequena e perigosa fenda.

— A senhora nem parece ter oitenta anos, dona Elisa, — disse com honestidade, — se te incomodam os ombros de fora, pode usar esse xale de seda preta.

O vestido não pedia nenhum complemento, mas os ombros de fora incomodavam. O que pensariam dela? E também o xale era bonito.

Quando recebeu o convite de casamento de uma sobrinha-neta, pensou em mil maneiras de não ir. Só um velho sabe as consequências de perder uma noite. Poderia muito bem alegar alguma indisposição, vantagens que a terceira idade lhe concedeu. Sabia, no entanto, que sua sobrinha Angélica, tia da noiva, insistiria e qualquer desculpa de saúde seria motivo para uma visita (quem sabe até com um médico) e decidiu comprar o vestido.

O shopping Jardins era perto de sua casa, mas ao se deparar com a cor do céu decidiu ir ao Riomar, do outro lado da cidade. Aracaju às vezes tinha disso: provocar nas pessoas uma vontade repentina de fazer algo que elas não fariam.

O vestido na vitrine chamou o seu nome.

Ao sair da loja, ligou para a sobrinha:

— Tenho um vestido!

Depois que os dois filhos de Angélica se casaram e mudaram de país, ela se aproximou mais da tia. Era verdade que se assemelhava a uma espécie de anjo da guarda, oferecendo muito mais do que ajudinhas no dia a dia, mas também uma promessa de cuidado futuro.

Diferente da sobrinha, cuja constituição espiritual era da obediência, Elisa sempre foi livre e sabia da necessidade que Angélica tinha de maltratá-la um pouco. Mesmo sendo vinte anos mais nova, a sobrinha sentia o peso da idade muito mais que a tia. Talvez porque carregar um casamento cansado exigisse mais da pele de uma mulher. E toda vez que descobria uma traição de Alberto, sentia nascer no rosto uma ruga nova. Nesses momentos, invejava a viuvez de Elisa, cujo único vestígio de velhice mais séria era um discreto mancar na perna direita.

— A maternidade envelhece — Angélica contava às amigas quando comentavam, com certa frequência, sobre a juventude de Elisa. — Não ter filhos às vezes é uma benção.

Tia e sobrinha chegaram a um estado de intimidade, de modo que Angélica só ia embora da casa de Elisa depois de horas e horas em silêncio. Ficavam uma em frente à outra, por vezes lendo ou vendo tevê, até que a sobrinha se levantava assustada com a hora e ia embora.

— Oh, sim, sim, Alberto está te esperando — dizia Elisa correndo para abrir a porta. Nada mais íntimo do que testemunhar o tédio do outro e oferecer um pouco do seu em troca.

Angélica combinou tudo para o casamento. Ela e o marido passariam para buscar Elisa, que deveria avisar quando estivesse pronta. Alberto detestava esperar.

O maquiador preparava Elisa. Jogou o xale por sobre os ombros. Só depois que ele saiu, é que foi até o espelho do quarto e testou o balanço do vestido. Quis remover o xale. Ligou para a sobrinha:

— Estou pronta.

Na festa, o assédio era grande. Não porque as pessoas gostavam dela necessariamente, mas existia uma devoção à velhice que fazia com que os parentes a venerassem ao mesmo tempo que a ignoravam. Sempre perguntavam do seu estado de saúde e logo depois conversavam entre si sobre o quanto ela era jovem e que ainda viveria muito. Teve a impressão de que se fizesse xixi ali mesmo em pé, no meio deles todos, ninguém perceberia.

Havia muita gente. Elisa tomou um gole de espumante e fechou os olhos como se quisesse acessar uma imagem perdida. O espumante descia com facilidade. Podia jurar que aquelas pessoas estavam em todos os casamentos que já fora, incluindo o seu próprio.

Tomou mais um gole. Do grande jardim onde estavam as mesas, saía um enorme tapete vermelho que o ligava à pista de dança. Desejou andar por ele, usar de verdade aquele vestido.

Ela se levantaria e a sobrinha no ato a questionaria. Se falasse que ia ao toalete, com certeza Angélica iria com ela. Reparou que a outra estava descalça, com os sapatos logo ao lado de seus pés, e que fitava o marido conversando com alguma mulher. A tia inclinou-se e chutou um dos sapatos para o outro lado da mesa. Com orgulho de sua perna, que nada doeu para que pudesse executar esse movimento com perfeição, levantou-se.

— Para onde vai? — perguntou a sobrinha.

— Ao toalete.

— Eu vou com a senhora. — Angélica calçou um pé e procurou com o outro o sapato perdido. —Ah não! Perdi meu sapato.

— Alguém deve ter chutado sem querer — Elisa estava indo longe demais. — Já falei sobre essa sua mania de sentar e querer tirar os sapatos, Angélica! — o rosto da tia era de quem pela primeira vez avançava um sinal vermelho.

— Acho que eu mesma devo ter chutado — disse a sobrinha, escrevendo com linhas ocultas dentro de si "não relaxar, não se desarmar jamais".

Elisa desfilou como se enfim justificasse a existência daquele vestido. Se a sobrinha fosse mais atenta e não seguisse cegamente o manual de vida que a hipnotizara, poderia perceber que a tia andava agora diferente, sem vacilo. A cada passo, Elisa sentia seu corpo relaxar. No meio do caminho parou um garçom e pegou mais uma taça. Com consciência do balançar do seu vestido, como se pudesse vê-lo em sua mente, entrou na pista de dança.

Um jovem, talvez um parente distante, se aproximou dela e a tirou para dançar. Logo outros jovens se aproximaram. Todos estavam mais iluminados e faziam questão de dançar com ela. Parecia que alguém levou um macaco para a festa e todos queriam ver como ele dançava, mas a excitação era tanta que logo essa sensação de ter sido ofendida foi substituída por um desejo de dançar mais.

— Tia! — gritou Angélica, o rosto pulsando de cólera.

— Precisamos ir.

Elisa estava paralisada.

— Vamos! — ordenou a sobrinha.

— Mas o bolo, ainda vão partir o bolo.

— Alberto já quer voltar — e o rosto da sobrinha parecia ainda mais envelhecido.

— Mas o que vamos dizer às pessoas se sairmos assim tão de repente, sem se despedir?

— Podemos dizer que a senhora está indisposta, que se empolgou um pouco com a bebida e não se sente bem, hein? As pessoas vão entender.

Num desfile às avessas, Elisa foi embora sem se despedir de ninguém. Pousou a taça na mesa e o espumante que restou vibrou intensamente.

No carro, um grande silêncio.

Chegou em casa nem alegre, nem triste. Andou em direção ao quarto e jogou a bolsa na cama. De novo o espelho. Na meia-luz que o seu abajur proporcionava, julgaria ser ainda mais jovem. Na memória as luzes da pista de dança começaram a enfraquecer. Fechou os olhos. Ao redor, os objetos pareciam ainda mais objetos.

O que vem depois desse silêncio? Ligou o radio relógio. Como achava gozado o fato de as músicas de sua época serem tocadas a essa hora. Talvez fosse para momentos como esse.

Alguém a abraçou. Eram suas próprias mãos. Que vontade de dançar. Só mais um pouco. Tirou o xale e logo o som dos seus sapatos deu ao quarto uma companhia estranha. Só mais um pouco. Mais uma música e se deitaria. O sono não demora.

O vestido no espelho parecia brilhar. Teve receio de acender a luz. Forçou um bocejo na esperança de chamar o sono. Estava acesa. Já passa da hora, Cinderela.

Dois passos de tango antes de se despedir dos sapatos. Mordendo os lábios, retirou os brincos.

Anéis, pulseira, todos aos pés da pequena bailarina.

— Adeus, fenda perigosa — e tentou alcançar o zíper.

A dor correu da perna direita até o ombro esquerdo. Tentou mais uma vez. Impossível!

E agora, ela se perguntou.

TEORIA DA EVOLUÇÃO

Eram mãos perfeitas para abrir portas. Mesmo sendo destro, conseguia acertar sem vacilo com a mão esquerda a chave na minúscula fechadura. E com delicadeza firme de um cirurgião ia abrindo a grade e depois a porta. As mãos seguiam independentes removendo o cadeado, conscientes de seus movimentos, como se para isso é que elas fossem feitas.

Sem barulho algum, entrou em casa pela porta de serviço e, sabendo que o filho jamais o esperaria ali àquela hora, falou alto e suave: "cheguei."

Otávio não precisava ver o pai para saber que estava ainda com aquela camisa azul, talvez com dois ou três botões abertos, e com aquele chaveiro pendurado na cintura: as chaves dos portões do prédio, da piscina, da caixa de correspondência e tantas outras que roçavam entre si fazendo aquele barulho metálico e discreto, mas que o lembravam constantemente de que o pai era um porteiro.

— Estou estudando pra prova de amanhã — disse, embora estivesse apenas rabiscando pequenas e infinitas espirais no caderno. — Não ia virar a noite hoje? — indagou com indiferença.

— Troquei o turno com Batista — explicou o pai — e também ... — falava agora quase sem jeito — ... também queria ver o Sergipe, se não for atrapalhar.

O futebol não atrapalhava. Otávio não ligava para barulho, aprendeu a estudar em ambientes lotados, no movimento do ônibus, a tevê em nada atrapalharia sua concentração. Mesmo assim, nada disse.

— O que você está estudando?

— Você não entenderia.

E não entenderia mesmo. Darwin não era assunto que porteiro comentasse. Aliás, lembrou-se — e com que vergonha! — de quando o pai comentou na frente de um colega da escola sobre a coragem dos repórteres em filmar os dinossauros. "É computação gráfica, pai", disse apressado. Mas explicar só piorou as coisas. No dia seguinte, todos estavam sabendo da "nova do pai de Otávio".

Como se estivesse fazendo algo proibido, o pai acomodou-se no sofá e ligou a televisão, baixinho, a mão segurando o controle, pronta para desligar a qualquer momento.

"Na natureza não sobrevive o mais forte, mas o que melhor se adapta", Otávio ia lendo as anotações. Ser porteiro não parecia ser uma evolução. Otávio observava, de canto, o pai tão feliz vendo o jogo, tão satisfeito e sentia que o minúsculo apartamento ia ficando ainda menor.

— Está atrapalhando?

Otávio não respondeu, os olhos fixos no livro, as mãos segurando a testa, representação máxima do esforço mental. Como podia sentir tanta alegria com um jogo inútil? Como se não precisasse, no final do mês, ligar para algum parente e pedir mais uma vez dinheiro para pagar a internet. "É que hoje em dia as crianças só estudam pela internet", justificava para um primo com mais condições, e finalizava com certo orgulho: "a escola de Otávio é muito puxada."

Na estante, o retrato da mãe. O sorriso melancólico. Será que ela sentia que ia morrer pouco tempo depois daquele dia?

Ah, como tudo era bom! Os três eram uma peça só e tudo bastava. Mas agora que já era um rapaz e nasciam-lhe pelos em lugares onde não imaginaria ser possível, agora que tinha treze anos e conhecia coisas novas, mundos novos, via o seu pai lá atrás, tão pequeno.

Não poderia, por exemplo, comentar o caso das mariposas de Manchester. Não que precisasse de ajuda para entender, Otávio era o melhor da turma (sua bolsa dependia disso), mas é que queria poder compartilhar com alguém as descobertas desse mundo novo.

Já tinha maturidade suficiente para entender que dali a alguns anos, teria que ir sozinho. Trabalhar, juntar dinheiro, comprar uma casa — sobretudo comprar uma casa. Para onde eles iriam quando o pai perdesse o emprego? Pensava nisso e o ar sumia, a respiração ficava curta.

No sofá o pai parecia um balão que ia enchendo aos poucos. Crescendo, crescendo. É que um pênalti para o Sergipe seria cobrado, e Otávio observava o pai inflar, retendo aquela alegria antecipada. Até que o balão estourou:

— Goooool!

E nesse momento o pai era apenas um garoto que amava futebol.

Otávio arrancou o controle de sua mão e desligou a tevê. O jogo não atrapalhava, não atrapalhava mesmo, mas ele não podia mais suportar:

— Eu sei que você não entende, mas eu preciso estudar — e olhou bem nos olhos do pai.

Era a primeira vez que o olhava assim. "Já é um homem", pensou o pai, "já é um homem feito" e sentiu tanta falta da esposa...

"O tempo está passando e eu já tão cansado." Era cada vez mais difícil não resistir ao cochilo durante a madrugada, quando é sempre o momento em que alguém chega sem a chave e aperta com força o interfone. "Porteiro é uma profissão inútil", ouvia os moradores cochicharem e corria para chamar o elevador e compensar a demora em abrir a porta. "O tempo está passando rápido", concluiu com um pouco de susto.

Pediu desculpas e Otávio ficou ainda mais irritado.

— Vou ver se o Batista precisa de alguma coisa.

O pai saiu fechando os três botões da camisa. De novo aquele som das chaves batendo umas nas outras.

Pouco tempo depois, ligou para o filho, disse que Batista precisou ir para casa, que ele mesmo ia pegar o turno da noite e emendar até o meio-dia. Nessa madrugada o pai não cochilou, apesar do cansaço. Estava alerta, não só em relação ao portão, mas também a outras coisas. O mês estava acabando e mais uma vez precisaria ligar para o primo. Segurou a testa com as mãos, como sempre fazia quando estava preocupado.

No dia seguinte, Otávio acordou ainda no escuro, para ter tempo de revisar alguma coisa antes da prova. Quando chegou à cozinha, encontrou a mesa arrumada, o jogo de xícaras que a mãe ganhou de casamento, o pão ainda quente, o café fresquinho. E na porta a chave balançava discretamente.

ESTAÇÃO GENERAL OSÓRIO

Trêmulo, cinza, cotidiano. A cabeça acelerada puxava o corpo lento num eterno desencaixe: era um pombo. Fazia dois dias que a velhinha não aparecia para jogar milho. As sementes estavam escassas e agora que já não era mais um jovenzinho, não perdia tempo se distraindo com guimbas de cigarro. Onde nasceu era um mistério. Tinha deixado pai e mãe e viera voando, acompanhando outros pombos, até chegar ali naquela promessa de prosperidade. Se especialistas analisassem seu sangue, diriam que viera lá de longe. Mas por fora era um pombo como outro qualquer.

Do alto do prédio onde dormia, vigiava aquela entrada escura no chão da praça. Foi se achegando cada dia um pouquinho mais, esticando a linha do pertencimento, sem saber que destino de pombo é ir pra cima e não pra baixo.

Devagarzinho foi se aproximando da entrada da estação, sopesando os riscos. Pombos são bastante cautelosos, apesar de sua expressão eterna de quem faz algo errado. A cabeça ligeira na frente separando-se, como uma vírgula, do corpo desengonçado. De pulinho em pulinho, desceu os degraus e parou em frente à outra grande escada. O bico nervoso e indeciso parecia executar cálculos difíceis.

Lá em cima outros pombos faziam o que se esperava deles: ciscavam e bicavam. Mas pensamento de pombo é sempre para frente e como se alguém desse três voltas na corda, marchou feito um soldadinho e continuou a descer. Lá dentro tudo era diferente. Precisou de um tempo até que seus olhos se acostumassem à nova luz. Pessoas, muitas pessoas, passavam por ele. Contava com seu reflexo atrapalhado para escapar daquelas pernas e, sem se dar conta, descia cada vez mais. Até que se deparou com uma escada em movimento. Ficou parado, recuperando o fôlego, suas penas eriçadas parecendo pelos. Em seus olhos, aquela expressão eterna de tragédia iminente.

Ninguém acusou sua presença. Pombos são como pensamentos proibidos. Não se conversa sobre eles, mesmo estando em todos os lugares. No máximo, são repelidos com movimentos mudos, sem exigir que nenhuma conversa seja interrompida. Se alguém o notasse, pensaria "ah, é só um pombo" e fim de história. Se essa mesma pessoa o notasse horas depois, pensaria novamente "ah, outro pombo." E na verdade não era. Era ele mesmo.

Mas ali embaixo as regras pareciam ser outras. Onde não deveria haver pombo, bastava um para representar a raça inteira. Tudo nele dizia "sou um pombo, sou um pombo." As pernas indo e vindo pareciam agora fazer parte de uma só pessoa. Essa grande perna o chutou para frente, obrigando-o a descer aquela escada que se movimentava sozinha.

Não havia mais para onde ir. Avançava pelo cantinho, um pouco tonto, e parou atrás de um banco. Olhou com calma tudo ao redor. Tão difícil ver uma coisa pela primeira vez. Tudo entrava em seu minúsculo cérebro, da grossura de um mindinho, num só golpe. Do outro lado da estação viu uma placa onde poderia se empoleirar. A cabeça trêmula virava de um lado para o outro. Estava calculando. Era mais seguro estar no alto. Preparou-se para voar, mas antes que seus pés vermelhinhos deixassem o chão, sentiu tudo tremer. Um grande barulho tomou conta do lugar e seu pequeno esqueleto ressoava como se estivesse dentro de um sino. Depois veio um silêncio profundo. O trem havia chegado.

De trás do banco, a ave viu aquela coisa que, na sua visão, não tinha começo nem fim. O trem existia como uma coisa em si, perfeita. Entre ele e o trem, o mundo inteiro. Que sentimento surge quando se enquadra, a uma só vez, um pombo e um trem? Pulou um pouco para frente. As portas se abriram. Pessoas saíram, mais pessoas entraram. Inclinou seu pescoço a certo ângulo que fez dele uma interrogação emplumada. Aquela porta aberta parecia ser porta que só pombo poderia atravessar.

Um sinal agudo ressoou. Tudo em volta começou a tremer. Ele eriçou as asas e com a ajuda de um vento forte voou sobre o trem. Uma criança notou sua presença e tentou mostrar à mãe, que a ignorou. De cima, viu o vagão não acabar nunca mais. Sem talento algum para o pouso, chegou à placa e quase caiu. Depois ficou imóvel feito pintura, mas seus pés se fechavam cada vez mais firmes em torno do frio metal.

Desse ponto a estação era ainda mais diferente, grande e estranhamente limitada. Não viu nenhum outro bicho, nenhuma pista de alguém como ele. O que fazia dele um pombo lá em cima ainda o tornava pombo aqui embaixo? Quis retornar e de alguma forma contar aos outros aquele outro mundo. Procurou identificar, sem sucesso, o caminho de volta. Decidiu voar até onde achou que pudesse ser uma saída. Não era. Voou por algumas horas. Pausava apenas alguns segundos em outras placas para descansar. Os voos ficaram cada vez mais rápidos, nervosos. O lugar de onde veio simplesmente desapareceu. Fez o mesmo percurso várias vezes, na esperança de, no retorno, magicamente encontrar a escada.

Derrotado, o pombo não chorou, mas fez algo igualmente humano. De tanto medo, ele fechou os olhos com força. Lá embaixo, os vagões iam e vinham. Encontrou um canto atrás de um outdoor. Não tinha mais condições de voar. Descansar agora era mais urgente do que achar a saída. Dormiu até sonhar. Como saber o que sonha um pombo?

No dia seguinte, acordou nas primeiras horas da manhã. Demorou a entender onde estava. Não havia quase ninguém. Aventurou-se pelo chão, onde encontrou algumas migalhas cuja origem não soube identificar. De longe, o primeiro trem se anunciava. Já conhecia o ritual. O vagão chegou e logo abriu as portas. Ficaram ambos ali, arrulhando em segredo. Ninguém saiu, ninguém entrou. O pescoço do pombo era de novo uma interrogação. Estava calculando. Mas quando soou o sinal e as portas ameaçaram fechar, o pombo correu, com o traquejo de um pinguim e entrou. Em seu minúsculo coração, pulsava, mais uma vez, a esperança.

CARA LEITORA, CARO LEITOR

A **Cachalote** é o selo de literatura brasileira do grupo **Aboio**. Lemos, selecionamos e editamos com muito cuidado e carinho cada um dos livros do nosso catálogo, buscando respeitar e favorecer o trabalho dos autores, de um lado, e entregar a vocês, leitores, uma experiência literária instigante.

Nada disso, portanto, faria sentido sem a confiança que os leitores depositam no nosso trabalho. E é por isso que convidamos vocês a fazerem cada vez mais parte do nosso oceano!

Todas as apoiadoras e apoiadores das pré-vendas da **Cachalote**:

> — **têm o nome impresso nos agradecimentos dos livros;**
> — **recebem 10% de desconto para a próxima compra de qualquer título do grupo Aboio.**

Conheçam nossos livros pelo site **aboio.com.br** e siga nossos perfis nas redes sociais. Teremos prazer em dividir com vocês todos nossos projetos e novidades e, é claro, ouvir suas impressões para sempre aprendermos como melhorar!

Embarque e nade com a gente.

Cada livro é um mergulho que precisa emergir.

APOIADORAS E APOIADORES

Agradecemos às 172 pessoas que apoiaram nossa pré-venda e confiaram no trabalho feito pela equipe da **Cachalote**. Sem vocês, este livro não seria o mesmo. A todos os que escolheram mergulhar com a gente em busca de vozes diversas da literatura brasileira contemporânea, nosso abraço. E um convite: continuem acompanhando a **Cachalote** e conheçam nosso catálogo!

Adriane Figueira Batista
Alexandre Ferraz
　　Oliscovicz
Alexander Hochiminh
Allan Gomes de Lorena
Ana Carolina
　　Corrêa e Castro
Ana Maria Sbardella
Ana Minatel
André Balbo
André Costa Lucena
André Pimenta Mota
Andreas Chamorro
Andressa Anderson
Anna Isabella
　　de Souza Melo
Anna Souza Kallembach
Anthony Almeida
Antonio Pokrywiecki

Arthur Lungov
Beatriz Peçanha
　　Garcia Cunha
Bernardo de Luca
Bianca Garcia Oliveira
Bianca Monteiro Garcia
Caco Ishak
Caio Balaio
Caio Girão
Caio Nogueira
Calebe Guerra
Camila Bahia
Camila Girão
Camilo Gomide
Carla Guerson
Carolina Braga Goncalves
Cecília Garcia
Cecilia Vidal Watkins
Cintia Brasileiro

Ciro Moreira Morgan
Cláudia Calderon
Claudine Delgado
Cleber da Silva Luz
Cristina Machado
Daniel Dago
Daniel Dourado
Daniel Giotti
Daniel Guinezi
Daniel Jorge
     Pedrosa Colom
Daniel Leite
Daniela Rosolen
Danilo Brandão
Denise Lucena Cavalcante
Dheyne de Souza
Diogo Mizael
Dulce Marine
Eduardo Henrique
Valmobida
Eduardo Rosal
Eduardo Silbert
Enzo Vignone
Febraro de Oliveira
Fernanda Bahia
Fernanda Marques
Flávia Braz
Flávio Ilha
Francesca Cricelli
Frederico da C.
     V. de Souza
Gabo dos livros

Gabriel Cruz Lima
Gabriel Stroka Ceballos
Gabriela Machado Scafuri
Gael Rodrigues
Geraldo de Souza
     Franco Júnior
Giselle Bohn
Glaucia Faria
Greice Regina Baldoino
Parreira e Costa
Guilherme Belopede
Guilherme da Silva Braga
Gustavo Bechtold
Henrique Emanuel
Henrique
     Lederman Barreto
Hugo Leonardo
     van Tol de Aguiar
Jade Saraiva
Jadson Rocha
Jailton Moreira
Jefferson Dias
Jessica Guimaraes Macedo
Jessica Ziegler de Andrade
Jheferson Neves
João Luís Nogueira
João Ormonde
José Gonçalves
     da Silva Neto
Júlia Gamarano
Júlia Vita
Juliana Costa Cunha

Juliana Slatiner
Julianne Zanconato
Júlio César
    Bernardes Santos
Júlio César Rodrigues
    de Menezes
Laís Araruna de Aquino
Laiz Assad
Laura Redfern Navarro
Leitor Albino
Leonardo Evedove
Leonardo Pinto Silva
Leonardo Zeine
Lili Buarque
Lolita Beretta
Lorenzo Cavalcante
Lucas Ferreira
Lucas Hosken
Lucas Lazzaretti
Lucas Verzola
Luciano Cavalcante Filho
Luciano Dutra
Luís Antonio
    Libonati Galucio
Luis Felipe Abreu
Luísa Machado
Manoela Machado Scafuri
Marcela Rockenbach Leal
Marcela Roldão
Marcelo Fernandes Dutra
Marco Bardelli
Marcos Vinícius Almeida

Marcos Vitor
    Prado de Góes
Maria Alice Hosken
Maria da Conceição Silva
Maria da Glória Silva
Maria F. V. de Almeida
Maria Inez Porto Queiroz
Maria Neide
    da Silva Franco
Mariana Donner
Mariana
    Figueiredo Pereira
Marina Lourenço
Mateus Magalhães
Mateus Torres
    Penedo Naves
Matheus Dennis
Matheus Picanço Nunes
Matheus Vasques
Mauro Paz
Miguel Bruno Soares Silva
Mikael Rizzon
Milena Martins Moura
Monique Oliveira Freire
Munique Siqueira
Natalia Timerman
Natália Zuccala
Natan Schäfer
Nina Solon
Otto Leopoldo Winck
Paula Maria
Paulo Scott

Pedro Torreão
Pérola Nunes
Pietro A. G. Portugal
Rachel Barbosa Guerrante
Rafael Mussolini Silvestre
Ricardo Goldstein
            Rebello Filho
Ricardo Kaate Lima
Rodrigo Barreto de Menezes
Samara Belchior da Silva
Sara Santana de Oliveira
Sergio Mello
Sérgio Porto
Silvio Antonio da Silva Franco
Tatiana Melamed
Thadeu Diz
Thais Fernanda de Lorena
Thassio Gonçalves Ferreira
Thayná Facó
Tiago Moralles
Tina Vieira
Valdir Marte
Vania Souza Costa
Vinicius Costa Hosken
Weslley Silva Ferreira
Yvonne Miller

PUBLISHER Leopoldo Cavalcante

EDITOR-CHEFE André Balbo

REVISÃO Veneranda Fresconi

ASSISTÊNCIA EDITORIAL Nelson Nepomuceno

DIREÇÃO DE ARTE E CAPA Luísa Machado

COMUNICAÇÃO Thayná Facó

COMERCIAL Marcela Roldão

PROJETO GRÁFICO Leopoldo Cavalcante

© da edição Cachalote, 2024
© do texto Fábio Franco, 2024

Todos os direitos reservados. Nenhuma parte desta obra pode ser reproduzida, arquivada ou transmitida de nenhuma forma ou por nenhum meio sem a permissão expressa e por escrito da Aboio.

Grafia atualizada segundo o Acordo Ortográfico da Língua Portuguesa de 1990, que entrou em vigor no Brasil em 2009.

Dados Internacionais de Catalogação na Publicação (CIP)
Eliane de Freitas Leite — Bibliotecária — CRB-8/8415

Franco, Fábio
　　Faça de tudo para não precisar da coragem / Fábio Franco -- São Paulo : Cachalote, 2024.

　　ISBN 978-65-982871-9-1

　　1. Conto brasileiro I. Título

24-207891　　　　　　　　　　　　　　　　B869.3

Índices para catálogo sistemático:
1. Conto : Literatura Brasileira

[2024]

Todos os direitos desta edição reservados à:
ABOIO EDITORA LTDA
São Paulo — SP
(11) 91580-3133
www.aboio.com.br
instagram.com/aboioeditora/
facebook.com/aboioeditora/

[Primeira edição, setembro de 2024]

Esta obra foi composta em Adobe Caslon Pro.
O miolo está no papel Pólen® Natural 80g/m².
A tiragem desta edição foi de 300 exemplares.
Impressão pelas Gráficas Loyola (SP/SP)

A marca FSC® é a garantia de que a madeira utilizada na fabricação do papel deste livro provém de florestas que foram gerenciadas de maneira ambientalmente correta, socialmente justa e economicamente viável, além de outras fontes de origem controlada.